万物归一

Holy the Firm

— Annie Dillard —

[美] 安妮·迪拉德　著

匡咏梅　译

广西师范大学出版社
·桂林·

著作权合同登记号桂图登字:20 – 2013 – 273 号

图书在版编目(CIP)数据

万物归一/(美)安妮·迪拉德著;匡咏梅译.—桂林:广西师范大学出版社,2022.5
ISBN 978 – 7 – 5598 – 2316 – 8

Ⅰ.①万… Ⅱ.①安… ②匡… Ⅲ.①散文集－美国－现代 Ⅳ.①I712.65

中国版本图书馆 CIP 数据核字(2019)第 239158 号

万物归一
WANWU GUI YI

出 品 人:刘广汉   策划编辑:尹晓冬
责任编辑:刘孝霞   执行编辑:宋书晔
装帧设计:王鸣豪　李婷婷   营销编辑:黄　屏

广西师范大学出版社出版发行

(广西桂林市五里店路9号   邮政编码:541004)
网址:http://www.bbtpress.com

出版人:黄轩庄
全国新华书店经销
销售热线:021 – 65200318　021 – 31260822 – 898
山东韵杰文化科技有限公司印刷
(山东省淄博市桓台县桓台大道西首　邮政编码:256401)
开本:787mm×1 092mm　1/32
印张:3.625   字数:37 千字
2022 年 5 月第 1 版   2022 年 5 月第 1 次印刷
定价:45.00 元

如发现印装质量问题,影响阅读,请与出版社发行部门联系调换。

给格雷

目　录

1　安妮 · 迪拉德是虔诚的基督徒，散文中的诸多典故皆来自《圣经》。在古代的巴勒斯坦，盐是神圣的象征，后世的基督徒皆被称为"世上的盐"。新生儿以"盐"擦拭在《圣经 · 以西结书》(16：4)中就有记载："论到你出世的景况，在你初生的日子没有为你断脐带，也没有用水洗你，使你洁净，丝毫没有撒盐在你身上，也没有用布裹你。"——用盐擦拭新生儿是一种象征，意即要这个孩子在成长过程中诚实正直，永远说实话。

第一部分　　新生和拭盐[1]

　　每天都是一个神，每日都是一个神，神圣与时俱在。我敬拜每一个神，我赞颂分割出来的每一天。每一天，从时间中分割出来，包裹在时间的外壳里。五颜六色的外壳，一个漫延无边的外壳，在拂晓时分，快速地越过群山，裂开了。

　　我在一个神中醒来。我醒在一双紧拥被子的双臂中——拥我之紧，以至拥进了被子中。

　　是谁在吻我——已然在吻我。我醒来，"哦"一声，从枕头上爬起。为什么我该睁开双眼？

　　我睁开双眼。神从水中升起。他的头颅盈满海湾。他是普吉特湾[1]，他是太平洋；他的胸膛从牧场中抬

1　普吉特湾（Puget Sound），位于美国太平洋西北区的峡湾，通过胡安·德福卡海峡与太平洋相连。整个海湾集中了华盛顿州九大城市中的六个。

起；他的手指是冷杉；岛屿沿着他的肩膀渐低渐湿。岛屿从他的肩膀处融入蓝色，滑入水中，滑入虚空。光亮的海水，如同一个舞台。

今日之神起来了，他细长的眼睛在云中闪烁。他猛甩双臂，播撒出五颜六色；他屈身弯腰，把天空搂在怀中；他躬身，躬身播撒，拥抱一切，铺洒我身，如同皮肤。

*

被子下面，一只猫咪缩在我的膝盖弯里。她醒来了；她缩着身子，扯咬着身上的金属缝合线。这一天是真实的；我已然能感觉到它的咔嗒声，听到它在我的膝盖后面咔嗒作响。

这一天是真实的；天空越过群山咔嗒咔嗒心满意足地寻就其位，环绕着群岛扣紧，噼里啪啦地拍击着海湾。气流在农场屋顶上涌动；气流攀升涌进谷仓的大门，摩擦着谷仓黄色的窗户。气流叩击着我分开的手指，敲打着我的耳朵眼儿，满满当当的。我叫它简单，因其连续流畅，因其独来独往。

推开猫咪。站起身来抚平被子。"哦，"我轻唤出声，"哦！"

*

我独自一人，住在华盛顿州普吉特湾的北边。有一只金色的猫咪，睡在我的腿上，唤作小不点儿。早上，我逗着她毫无表情的脸。你记得昨晚么？你记得么？早饭前我得撵走她，非此不能用餐。

还有一只蜘蛛，在浴室里，留下来与我做伴儿。她那套小小的装备，总是在提醒我借我之力死掉的一只蛾子。那只母蜘蛛，本身属类不详，腹部圆咕隆咚，乏善可陈。六英寸长乱糟糟的一张蛛网，不知怎地倒是经营得有声有色，让她活下来，让我为之惊叹。蛛网本身就在角落里，在马桶的后面，瓷砖墙和地板之间。我原本以为，那个地方窄巴巴的，什么都不会有。可是，在蛛网下的地板上，却躺着十六七枚她扔在那儿的尸体。

尸体看上去大多是潮虫。那些如同穿山甲般的小物种，活着就是在屋子里拼了命地爬来爬去，死了则死在屋子周边。还有若干枚地蜈蚣，三张旧的蜘蛛蜕皮，皱巴巴地卷在一起，两只蛾子的尸体，没有翅膀，又大又空。我跪到地上去看那蛾子的尸体。

今日，地蜈蚣身上泛着暗光，亮黝黝的，这便是他的样子：胸部和腹部背面的曲线，以及一对光滑的尾须让我认出了他的名字。再过一周，或许正如其他尸体所昭示的，便会看到他萎缩变灰，与尘土一道变成了地板上的灰网。他旁边的潮虫是空心的，无色易碎，脆软成团，只消一丝微风便能刮跑。蜘蛛的蜕皮躺在他们旁边，半透明，皱巴巴，腿干瘪成结。还有那些蛾子，空心的蛾子，彼此之间颤巍巍地靠着，没有头，乱七八糟的弧条状甲壳质像是皮上了漆，又像是乱糟糟的一堆扶壁支撑着教堂的拱顶，就是跟蛾子搭不上边，以至于我在想该不该叫他们蛾子，除非我有过把结节瘤块认作蛾子的经验。

*

两年前的夏天，我独自在弗吉尼亚的蓝岭山脉扎营。费劲儿把自己弄过去，除了别的事之外，就是打算好好读读詹姆斯·拉姆齐·厄尔曼[1]的《燃烧的岁月》，一本关于兰波的小说，一本我十六岁读过后就想去当作家的小说；我希望那种感觉再来一次。所以，我读了，沉溺其间，日日坐在帐篷边的一棵树下读，鸣鸟在头上方的树叶间摇动，毛足虫在脚下满是小树枝的泥地上慢行；每天晚上就着烛火读，斑点猫头鹰在树林里叫，浅色的蛾子成群结队地飞，绕着我的头

1　詹姆斯·拉姆齐·厄尔曼（James Ramsey Ullman, 1907—1971），美国作家，登山家，以创作登山主题的作品闻名。除了登山类书籍，他还写过南太平洋旅行记和一本关于法国诗人兰波的小说。

9

飞舞，舞在烛火形成的光圈里。

　　蛾子锲而不舍地扑向烛火。嘶嘶作响，触火即退，翻转着消失在厨用平底锅的阴影中。或者，让火燎上了身，落下来，热辣辣的翅膀，好像要融化了，碰到什么粘上什么——平底锅，锅盖，汤匙——如此这般，粘住的蛾子只能小范围内扑打着，没法飞也跑不了。碰到这种情况，我会拿根棍子，轻轻敲打一下器物，让蛾子们解脱出来；早上的时候，我会发现厨具上镶满了扯碎的蛾翅留下的金色斑点，铝制品上到处都是亮闪闪的粉末三角形。我就这样读着书，烧着水，更换好蜡烛，接着读书。

　　某个晚上，一只蛾子扑进了烛火，让火给逮住，烧干殆尽。当时，我肯定是盯着烛火的，要不就是那一道阴影划过书页时我抬起了头；不管怎么说，反正我是看到了蛾逝的整个过程。一只金色的雌性蛾子，很大的一枚，翼幅展开足有两英寸长。她扇动着翅膀扑进了火，腹部落入了烛泪里，粘上了，烧起来，动不了，几秒钟内就被烤干了。她那舞动的翅膀，就像棉纸一样烧起来，放大了烛火的火圈，让黑暗中我毛衣的袖子、身边金凤花的绿叶和松树皱巴巴的红色树干瞬间一蓝。很快，烛火又重新聚集，蛾翅化作一缕青烟散去。与此同时，她的六条腿蹬了几下，蜷曲起来，烧黑了，不动了，最终消失殆尽。她的头猛力地抽搐着，发出嘶啦的响声；触角变脆烧化，厚重的口器噼啪一响如同发令枪一般；当这一切结束时，她的头，据我判断，就像她的翅膀和腿一样已经烧没了。她是一枚新蛾子还是一枚老蛾子？她交配过吗？产卵

过吗？她完成她的使命了吗？此时此刻，剩下的只是
她胸腹部亮闪闪的角质壳——残缺的，烧得塌陷的一
段金色条状蛾身，直直地挤在烛泪形成的凹陷里。

*

于是，这蛾子的精髓，这炫目的骨架，变成了一根烛芯。她不断地燃烧。蜡油没过蛾子的身体，从腹部到胸部，从胸部到参差不齐的洞口（原先那里是头部的位置），扩展融成火苗。一簇橘黄色的火苗包裹着她，投到地上的影子仿佛焚身于火焰中的僧侣。蜡烛有了两根芯，两簇同样高的火焰，肩并着肩。僧侣的头就是火。她持续烧了两个小时，直到我吹灭了她。

她持续烧了两个小时，没有变化，没有弯曲，没有倾斜——只有里面亮闪闪的，就像是瞥见投影到墙壁上的楼房失火，就像一个空心的圣徒，就像一个火苗脸的处女追随上帝而去。我就着她的光读着书，思绪纷飞，巴黎的兰波在一千首诗歌里烧光了自己的大脑，夜在我的脚下湿漉漉地聚集。

所以，我才相信，浴室地板上的那些中空的松脆物就是飞蛾。我想我认得飞蛾，无论是在哪种情况下，我都认得蛾子的身体部件，认得完全干空的蛾碎和蛾屑。你们中有多少人，我曾问过班里的学生[1]，你们中有哪些人想倾其一生去当作家？当时我颇有些紧张，四周全是咖啡、烟卷和近在咫尺的面庞（这是我们生活的目的吗？我心中暗想；任意光线下的任意肤色，活生生的人，人类的眼睛，这就是那唯一的最终的美吗？），所有的手都举起来回答问题（你，尼克？你说说？玛格丽特？兰迪？我为什么要让他们说实话？）。随后，我试图告诉他们，那种选择一定是意味着：你不能成为别的什么人。你必须披荆斩棘，全力以赴……

1　迪拉德一度教过写作班。

他们不知道我在说什么（我有两只手，不是吗？打从我记事起，我就有这种干劲儿。晚上干，滑雪后干，从银行回家的路上干，在孩子们睡了以后干……）。他们以为我又在胡言乱语吧。管他呢。

桌子上，我放了三根从绿植堆中清理出来的蜡烛，有客来访的时候就点起来。小不点儿通常会躲着蜡烛，但有一次靠得太近了，尾巴扫到了烛火上；我没等她察觉到就赶紧拂走她的尾巴。烛火晃动照亮了每个人的皮肤，在朋友们的脸庞上打下了光影。当人们离开，我从来不会吹灭蜡烛。我睡着了以后，它们依然燃烧着。

*

喀斯开山脉[1]，在这些高纬度地区，几乎要退入到
海水中。只那么窄窄的一条，六十英里宽的丘陵和农
场的存在，夹在雪山和大海之间。群山壁立如墙。这
个国家的其余部分——这个星球其余部分的多半，从
真正意义上说，要刨去不列颠哥伦比亚海岸山脉的一
小块和阿拉斯加群岛——深入人心的说法只是简单地
称之为"山之东"。我曾待过的地方。

我来这里是为了学习难学的东西——岩石山和咸
水海——在山海的边缘锻炼我的勇气。"耶和华啊，求

1　喀斯开山脉（Cascade Range），北美洲的一条主要山脉，北起加拿大的
　　不列颠哥伦比亚省，穿越美国的华盛顿州和俄勒冈州，最终到达加利福
　　尼亚。喀斯开山脉从北到南，沿线有很多火山。

你将你的道指示我"[1]，就像所有的经文一样，这一句也是欠考虑的，也是我必须推荐的。这些山脉——贝克山、姊妹山和舒克桑山、加拿大海岸山脉，以及半岛上的奥林匹克山[2]——无疑是已知的可被理解的世界的边缘。它们都是大山。它们耸立于天际，拥有不可想象的体量和天气变化，任人一目了然。这让它们如同切斯特顿[3]所说的圣餐，唯其一目了然、毫无神秘，才更见神秘。它们是真实世界的西沿，如果不算超越真实的话。倘若希腊人整天盯着贝克山，他们宏大而

---

1 《圣经旧约·诗篇》（25：4）："耶和华啊，求你将你的道指示我，将你的路教训我。"

2 这几座山脉都是属于太平洋山系。

3 G.K.切斯特顿（Gibert Keith Chesterton，1874—1936），英国作家、文学评论家和神学家，著有《回归正统》等书。

诚实的艺术就会崩溃，他们会去钓鱼，就像本地人所做的那样。或许如同我有一天要做的那样。

但是，群山却在东面，令人难以置信。当我第一次来到这里，我面向东方，观察着群山，思考着。这些大山就是天涯海角，西方的尽头，时间最后的锯齿状边缘。因为它们令人难以置信地位于东方，我一定是无处可待。然而，太阳却从雪野上升起，在我躺下的地方弄醒我，于是我起身，在某个地方投下一道影子，暗暗思忖，天助我也，所得甚多。于是我收拾起饭碗和汤匙，像往常一样，扭过头，面向西方，舍弃所有清醒的期望，因为那更多的所得。

那更多的所得便是群岛：海，难以想象的硬实的岛屿，以及海，还有那一百种波动起伏的天空。你的呼吸溢满。什么也屏不住；一切景致都在波动。我能

想象，弗吉尼亚和西弗吉尼亚两州一点也不亚于太平
洋沿岸。内陆的山谷、深潭、荒漠、平原——边缘全
部是迭次下降，就像迅速洗好一推的一摞扑克牌，就
像一艘平底海船，或是没有命名就抛出去的一天，全
部消失在大海里。陆地是抛撒出去的，时间是一张折
叠的水面薄膜，边缘加穗饰固定，一百种蓝色，空空
渺渺，渐次退却。加快呼吸：我们正从边缘退却。

　　这里就是那个穗状的边缘，陆海在这里相遇，领
域在这里混合，时间和永恒互相泼洒着泡沫。咸水海
和群岛，相互影响相互塑造，一排挨着起伏的另一排，
永不止息，风亦不止，天亦不息，伸展成弯曲的线条。
普吉特湾这里，陆地深入到大海中的实际比例，等于
这个星球陆地深入大海板块的剩余部分：我们的存在，
短于我们所知道的时间。时间是插在永恒之书里苍白

的字符，就像插在大海里的群岛。我们的存在，短于
我们所知道的时间，而那个时间是漂浮的，劈裂的，
透明的，可投掷的，狂野的。

我居住的房间，普普通通，像个头盖骨，一个为
窗户而设置的固定装置。一名修女住在精神之火里，
一位思想者住在心灵明亮的灯芯里，一个艺术家挤住
在物质的池塘里（或曰，一名修女静思默想坚忍不拔
地栖居于思想中，一名修女带着那直指向宗教的特别
哀痛栖居于摒弃物质的生活里；一位思想着的思想者
栖居于物质的冲突中，栖居于全部以思想为主导的精
神世界中；一个艺术家栖居于思想那形式的仓库中，
一个艺术家理所当然地栖居在精神里。就是这样）。但
是，这个房间却是个头盖骨，一个火警观察塔，木制
的，空荡的。它本身一无所是，但是景致，正如他们

所说的，甚佳。

自从我住进一间屋子，一面长墙全是玻璃的屋子，我便是我自己，一切亲力亲为。一张背景幕布，随着全部的景致而变，随着全部的天气、颜色和光线而变。从厨房的水槽到我的床头，从饭桌到沙发椅到壁炉到书桌，我都能看到大地、水、群岛和天空。

陆地间杂多变：眼睛使之呈现。花旗松的林中有一所白色的公理会教堂；两片犁过未种的黄土地间有一片绿色的牧场；几株桤木树下有绵羊俯身吃草，离它们几码远的地方奔跑着几只棕色的母鸡。然而，风景中的一切都面朝大海。大地铺展开的颜色引导着目光投向远山，远山处是绵延无尽的大农场，农场里的黄色牧场上，数十亿计的茎秆和叶片一整天泛着金光；沿着远山的边缘下方是一道冷杉林形成的暗色斜

坡，一道你的眼睛会不由自主地追寻到尽头的斜坡，
那个尽头便是大地的暗条环裹着的海湾。从这个角度
看，你看到那个海湾切成一个新月；你的目光掠过尽
头处的黑色海滩，或是掠过尽头处的绿色杉林，那是
一支不断向前延伸指向大海的弓箭，箭身是遍布林木
的海滩，单一的灰色，还有那向后弯曲的泡沫的白色
边缘：箭身指向响亮的潮水声，指向远方世界边缘处
渐次变蓝的海水，指向更远处的海水里的蓝色群岛，
而在这些光亮之上，则是一片云淡风轻。

*

你难以想象这画面，对吧？我也不能。哦，书桌是黄色的，橡木饭桌是圆形的，蕨类植物长势喜人，镜子是冷冰冰的，我却从来没有在意。我阅读。在中世纪，我读到："一个人头脑中形成的某物的观念，对于他来说，总是比实际事物本身更真实。"此言不虚。我就在我的中世纪里；我脚下的世界，窗户外面的世界，俨然是一部由风来翻动的彩色稿本，一页接着一页，绘制的图案和磕绊的字词吸引着我，一句接着一句，让我与日惊叹，沉迷难拔。

简言之，有一地，有一屋，有一大窗，有一小猫，有一蜘蛛，有一人：然而，我却是中空的。此时，还有那许许多多的清晨之神，还有那许许多多的事物在协同工作——心肺、肌肉、神经、骨骼——它们居住其间的许多事物尚无人涉足，我想从那里开始呼唤它们，在属于我的工作里。

*

　　这本书里什么都没有发生。仅有零星分散在语言各处的小小暴力，存在于被永恒剪去时间的角落里。

*

　　因此我阅读。美国人民，我读到，为他们的新生婴孩拭盐。我查验其他的地方：就像曾经的犹太人在先知时代所做的那样。他们在水中清洗婴孩，用盐擦拭他，用布包裹住他。当上帝应许亚伦及所有的利未人，赐给他们以色列人献给上帝的所有祭品，初熟之物和头生的牲畜，"凡油中，新酒中，五谷中至好的"，他如此说到他的应许，"在耶和华面前作为永远的盐约"。[1] 在罗马教会[2]的受洗仪式中，神甫则是把盐抹到婴孩的嘴上。

---

[1] 参见《圣经·旧约·民数记》(18:12)："凡油中，新酒中，五谷中至好的，就是以色列人所献给耶和华初熟之物，我都赐给你。"
[2] 这里指罗马天主教堂。

我给早餐的鸡蛋抹上盐。一整天都有受造[1]的感觉。我能看到手背皮肤上的棕色灰尘，我能看到纹裂的泥土那小小的梯形缺口，渐渐湿润，畅快地呼吸。我下方的牧场里，一群受造的绵羊正巧在下坡，一蹄一蹄地触碰着它们投到草地上的蓝色影子。几只受造的海鸥点缀着天空，在不变的天空背景下划出几大道弯曲的裂缝：我欣喜地迎接受造的早餐，心中赞叹不已。

1　结合上下文，created 在这里翻译成"受造"。在基督教的教义中，神是非受造的，其余的每件事物都是受造的。《圣经·旧约·诗篇》（139：14）："我要称谢你，因我受造奇妙可谓。你的作为奇妙，这是我心深知道的。"

＊

　　我一直在标记那些透过窗户看到的岛屿。那一串岛屿，每个人告诉我的名字都不一样，直到有一天某位水手来访，以他令人信服的权威态度说出了它们的名字。于是我用铅笔在纸上勾勒出地平线的轮廓，用标签标注好那些裂片：飞鱼岛，苏西亚岛，萨图纳岛，盐泉岛，光秃岛……

　　今日。十一月十八日，无风。今日，一层薄雾散开，出现了一块我以前不知道的地方。我看到了一个新岛，一条新的皱褶，位于更深处的奇迹，在那片蓝色的半透明岛屿之后，在那水手说的盐泉岛之后。我无从得知它的名字。我把贴了标签的地图拿出来放到饭桌上，用铅笔画出一条新线。管它叫：北方无名岛；水上雕像；天空褶皱；新生和拭盐；等待海员。

*

亨利·米勒[1]提到克努特·汉姆生[2]，说汉姆生在填一份调查问卷时说，他自己写作是为了打发时间。在很多种答法中，这种答法很有意思。在很多种答法中，我打发时间的方法是大笑，看窗户外的群岛。地板上的黄猫给吓了一跳，扭过头来死盯着我看。我突然发现，她带回来一只鹡鸰，一只被她弄死的鹡鸰，小鸟无力的翅膀歪斜地搭在圆形的小地毯上。时候到了。你们两个都出去。我正忙着大笑，打发时间呢。

---

1   亨利·米勒（Henry Miller，1891—1980），美国垮掉派作家，20世纪最富争议的作家之一。代表作有《北回归线》。

2   克努特·汉姆生（Knut Hamsun，1859—1952），挪威作家，1920年诺贝尔文学奖获得者。主要作品有《大地的成长》《神秘的人》《饥饿》《在蔓草丛生中的小径》等。

我把猫从门口"嘘"走，把小鸟翻过来放到手掌上，有点冷漠地把他放到了外墙的走廊处，靠着冬季枯萎了的发草和苔草，如果小猫想找的话就可以找到。牛、甲虫、雨，想找的话也可以找到。

当我再次从咖啡杯上抬起头，外墙的走廊下一阵动静。小猫慵懒地拽过来一个快要烤焦了的神灵。他是活生生的。我跑出了门。除了他的翅膀，他真是个完美的小人儿。他英俊肤薄，夹在小猫的嘴唇里，踢腾着腿儿。他的头发在燃烧，发出焦糊的气味；他的翅膀尖变黑了烧焦了。他的身体，随着那只小猫虎鼻翼的两下轻柔摆动，猛地一动弹，居然没穿衣服。一只迷你的小手使劲地推着猫的鼻子。他摆动着大腿；他用冒烟的翅膀拍打她的脸，拍打着空气。我无法呼吸了。我跑到猫的跟前吓唬她；她扔下了他，抛给我一个怨恨的眼神，离开了走廊。

　　神灵躺在地上，喘息着，身形完美，还不及我的脸长。我用一根手指和拇指，飞快地熄灭了他黄色的头发上闷烧的火。这么做的时候，我不小心碰到了他的头盖骨，滑过他滚烫的还不到一颗榛子大的头盖骨，就像老话里说的，皮肤带着活人的体温。

　　他转动着没有颜色的眼睛看着我的眼睛：他长长的翅膀从太阳上攫取力量，轻轻扇动着。

*

其后，我走在今日的暮光之中。神灵赤脚站在我肩膀上，骑在我肩膀上，使劲摇拽我的发圈。

他在我的耳边吹哨；他在我的耳朵里吹了一段宏大的曲调，一首关于十一月的神秘赞歌。他往我的耳朵里、头发里猛灌热乎乎的飓风，一首天真的小调呼唤着真实的事物，呼唤着岛屿浮出海面，呼唤着硬实的苔藓飞离曲折的岩石，呼唤着冬天里沿着天边游泳的水鸭。

我看到了！我全看到了！两个岛，十二个岛，一个个世界，聚集了物质，聚集了时间的蓝色轮廓，在远方排列组合，静默的，硬实的。

我仿佛看到了一条路；我仿佛就在一条路上，走着。我仿佛走在一条翻越小山的柏油马路上。小山创造了自身，这是有震撼力的联想。它创造了自身，随着显而易见硬实的地面和摇曳的植物，随着显而易见的马群和吃草的牛群，逐渐加厚，在眼睛所到之处渐次展开，就好像我的目光是一支画笔，画着这个世界。我不能逃开这种幻觉。五彩缤纷的思绪挥之不去，这世界，一个梦，使劲挤进我的耳朵，把我的身体发派到热血编织的绳索上。假如我抛一个眼神越过小山的边缘去看那真实——星星，是它们么？一些带翅膀的东西？还是圆环？——我丰富着幻觉里的细节；我在大地的中央勾勒着草图。我把那群山明亮的幻影、恰好飘过投影到绿水上的浓云、飘渺的看不透的天空，缝成结实的半透明的帘幕。那个梦填进来了，就像风掠过海湾。瞬间，我看到了那平坦的梦的边缘，瞥见了那古老的深层……接着，同样是飞快的瞬间，蓝色的拍击声关闭上了，彩色又重新包裹了一切。没有一道裂缝。天空在树林上逐渐封闭。我仿佛就在一条路上，走着，欣喜地问候着绿色的篱笆墙、野玫瑰果，苹果和荆棘。我仿佛就在一条路上走着，与邻人们相熟，蛮横地对待牛群，闻着大海的味道，独自一人。我已经做到了，我知道事物的名字。我能踢一块石头。

*

　　时间是充裕的，比充裕更充裕。物质是多样的，
物质亦是特定的。今日之神是个孩童，一个盈满屋子
的初生婴儿，鲜明生动，有血有肉。他是白日。他在
一阵风里苗壮成长，受到陆地的阻碍，风鞭拍打着陆
地。他展开身形，一次就完全舒展开身形，对内容一
知半解，就迈出第一步：一个词，一个来喝咖啡的友
人，一阵风的变化，思想的锻造和巧合。今天，十一
月十八日。无风。天气晴朗。特里·威恩——他钓鱼，
也上我的诗歌课——能看到雷尼尔山[1]。他从海湾处拽
起他的礁网具；我们站在甲板上说话，他用锤子击打

1　雷尼尔山（Mount Rainier）是一座活火山，高4392米，为喀斯开山脉
　　的最高峰。位于美国华盛顿州皮尔斯县境内，西雅图东南方85公里处。

缩了水的绳结。穆尔夫妇来吃晚餐。上床后，我把伤心的小猫叫了过来，读书。就像一块围毯或是披肩卷出的一团不成形的影子，白日发现了它自己，就像那首诗。

今日之神在疯长，雨水湿透了他的身体。他的胳膊伸展着，拥抱着潮湿的牧场；他的手指张开着，触摸着海岸。他是时间的鲜活皮肤；他像任何一棵树一般随着白日迅速生长。他的腿伸展着，跨越过天空，巨大的身形轻快地移动着，环绕着大地闪烁，画着弧奔向夜晚。

这是那唯一的世界，局限于其身并自得其乐。它在树林里发出兴奋的嘶嘶声，树木们奋力托起盐的细流输送到叶子处。这是那唯一的空气，被鹩哥咬在嘴里；时间独一无二，在思想里进进出出。今日之神是

个男孩，是个异教徒，长着蕨类的脚。他的力量就是
激情；他的天真就是神秘。他插入到一切事物当中，
一切正确的圣洁的事物中。如同音乐般响亮，盈满了
草丛和天空，他的白日以百种感觉伸展升起在屋子里。
他升起来，新生的，环裹着四周；他是一切事物，全
然在此，又倾空自身——投掷，流动，播撒，隐身，
飞逝。

第二部分　　上帝的牙齿

一架飞机掉入这个世界。

大地是一块矿斑，植入在树丛间。机翼钩到一棵树上，小弧度地扑打了几下，又奋力掉了下去。

我听见它掉了下来。小猫抬起头来看。没有原因：就是发动机起飞后不动了，于是这架轻型飞机就没能飞过这片杉树林。它毫不费劲地掉下来，一边机翼挂在一棵冷杉树的树梢；金属机身在空中落了下来，摔碎在一群吃草的稀树林里；航油爆燃；七岁的朱莉·诺维奇烧毁了脸。

此时此刻，小朱莉正在圣约瑟夫医疗中心[1]的某个病房里沉默着，各种药液渗进了床单。小朱莉的眼皮烧没了，眼球露了出来，裹上了绷带。没有嘴唇你能

1　原文为 St. Joe，应该为位于普吉特湾的圣约瑟夫医疗中心。

尖叫吗？是的，可以。但是，长时间遭受创痛的孩子
会尖叫吗？

这是十一月十九日。无风。没有来自天堂的希望，
没有对于天堂的希望，因为最卑鄙的人展现出来的仁
慈，亦会超过那些见猎心喜的恐怖主义众神。

*

　　机场跑道，一块清理出来的搓衣板，位于一座矮山的平山顶上，离我的房子只隔着几块地远。沿着路向上走，穿过树林，或是穿过绵羊吃草的牧场再穿过树林，就能到达那儿。一位飞行指导曾跟我说过，每当他的学生翘尾巴的时候，每当他们自以为会驾驶飞机时，他就会带他们出来，到这儿来让他们在那块地上降落。你得越过电线再下降，顺着跑道飞，飞在树林前再拉升起来，反过来也一样，反过来也一样，根据风向来判断。然而，并不是这条跑道不安全。耶西的发动机失灵了。美国联邦航空管理局会来车运走飞机残骸，把它们一点一点地从树干里抠出来，再找找原因，究竟为什么发动机会失灵。这期间，救护车刺耳的鸣声响起，让没有看到飞机坠毁的每个人都停下

43

手中的活计——帕蒂正在织毛衣，约翰逊正在切苹果，简正在为她的宝贝洗脸——他们全都停下来，带着怜悯和恐惧，心想我们中有谁出了事，到底出了什么样的大事，为什么会出事。消防志愿者已经集中了；消防车开来了——把舒勒家的羊冲撞得四散逃窜——然后又开走了，载着烧伤的朱莉和她父亲耶西奔向城里的急救室，留下我们其余的人议论纷纷，去扑灭跑道草皮上的火，去祈祷，或在窗户间焦心地踱来踱去。

　　就是这样，她的脸和脖子烧伤了，朱莉 · 诺维奇。那个一排牙很短的孩子，耶西和安的长女，红膝盖，绿袜子，那个抱着小猫的孩子。

*

我只见过她一次。两个星期以前，在一棵英国山楂树下，在那家农场里。

在这片林子的狭长区域内有很多农场，但是只有一家我们管它叫"那家农场"——老科克伦农场，戈斯家垛干草养小牛的地方：那家农场里，废弃的鸡笼架子把土地整得像个狭长的北欧海盗船，又像个漂浮着的作战用皮划子；黏土制的走鸡通道和人踩出来的草径，混杂着乱糟糟的一团橘黄色金盏花、绳子、农具和各种正在结籽的草；那家农场，狡猾的小母牛和小公牛想方设法要去打篱笆的主意，得逞了便野气十足地疯跑进花园，冷不丁地将黑白相间的身体钻进绿色的豌豆丛里，只露出脖子和脑袋。

在灰色的农舍和谷仓之间，绿草如茵的农家宅院，适合于做一切事情。那天，我们十六个人一起在做苹果酒。天气冷冽。四处都是成堆的苹果。那天早晨，我们一直都在装车、爬树、摇动果树的大枝，使劲拖拉盖苹果的油布，运送成蒲式耳[1]、成箱、成篮的苹果，把它们弄回来堆放在农场里。那天早晨，三十多岁的耶西和安，带着朱莉和那个小宝贝，名字我忘了，装了满满一卡车苹果从山上下来了。因为不赶时间，他们就和我们一起做苹果酒，把酒装了罐，然后才开车回去。我以前没有见过他们。我们大家在围绕农舍的走道上一起喝咖啡暖身；我们在院子里用软管水带冲洗罐子。然后再动手把苹果装进磨碎机，用枕套绞干苹果泥，手掌一片果渍，手指冻得发僵，最后把苹果

1　英制计量单位。一蒲式耳等于八加仑，相当于32.268升。

酒从桶里灌进了七十个一加仑装的罐子里。在这漫长的一整天里，朱莉·诺维奇把我的猫小不点儿撵得满院子地跑，跟她在门廊旁边的那棵山楂树下玩，手里没轻没重地把弄着她。

*

她是个瘦弱的孩子，尖尖的下巴，黄色的刘海和
发辫。她眯缝着眼睛，当你抬头看她的时候，她偶尔
会睁眼大笑，好像你让她感到意外了，你用了她还没
来得及展现的某些能力。我一直追着她看，心想她毛
衣扣子开着光着瘦骨嶙峋的膝盖会不会冷。

半小时一个时间段，她会闹出一些小动静。在这
之间，大约每隔五分钟，她会试着非常小声地学吹口
哨。我是这么想的。要不她就是在练习装严肃。不过，
我还是认为她是在学吹口哨，因为时不时地会从她模
仿吹口哨的嘴唇里，冒出几个假嗓发出的吱吱的音符，
好像那样就能蒙人似的。一整天，她都在给黄猫穿衣
服，脱衣服，把猫塞进一件黑衣里，又长又宽的貌似
修女服的一件黑衣服。

　　那件衣服令我惊奇。那一定是某类玩偶的外衣，她从卡车里拽下来随身拿着的；我先前和以后都没见过那种款式的衣服。一道白领围着上衣的抵肩处，就好像外低内高的两件套女衫。黑色的衣袖像翅膀一样宽大。朱莉捞起那只猫，用力把它塞进衣服里。我知道她的感觉，恼怒上火，心都迸碎在猫儿那屈指可握的细瘦爪子上。她把毛绒绒的猫腿塞进衣袖里，我很明白其中的很多种心情。小不点儿不是只大猫：她的四肢就像是短袜里的一串鸟骨。朱莉以其古怪的习惯给猫穿好衣服，这时，她会像摇晃小孩玩具一样摇晃小猫。小猫眨着眼睛，身体是倒挂着的。

　　她一度朝猫吹口哨，或者尝试着，朝猫的脸上吹气；小猫从她的怀里挣脱出去，跑开了。跃过车道，胳膊套在衣袖里，脚步轻盈；身上的黑衣服在地上拖来拖去，拖了满身的灰，后衣摆被它黄色的尾巴顶得向上翘起。我正在使劲地拧着装满苹果泥的枕套一端，边拧边扭头去看。我看到那只猫纵身跳过走车道，躲在盆栽棚下面瑟缩着；我看到朱莉毫不犹豫地冲过去追它，逮住它，打它脸，又把它往那棵树底下拽，死死抓住它的两只前爪往回拖，押着它的胳膊，于是它的整个身体都被直绷绷地吊挂了起来。

　　她看到我在看她，我们彼此交换了个眼神，一种有意而自知的眼神——因为我们俩长得有点像，我们两个都知道；因为她还很小我已经是成人；因为我埋头跪在苹果桶中间歪着脑袋斜眼看着她；因为她抱猫的方式如此古怪，以至于她不得不叉着两条长腿走路；因为那是我的猫，她给它穿上了衣服，让它看起来像个修女；还因为她知道我一直在看她，自始至终都那么满怀爱意。我们同时大笑起来。

我们俩当时长得有一点像。她的脸此时已被彻底摧毁，我也不记得自己那时的模样了。这真是个绝佳的玩笑。我们人在这里，我们都是傻瓜——我们就像许多谷粒播入时间，我们是随意播撒的灵魂，就像盐融入时间又在这里溶解，消散在物质里，通过细胞关联在一起，从头到脚，而那些脚很有可能会让我们的脸冲下摔倒在某个树根上，或者卡在一块石头里。可笑之处在于我们忘记了这些。假如给心灵单独的两秒钟，它会认为它是毕达哥拉斯。我们一天里醒来一百次，大笑。

这个世界的玩笑不像是一块香蕉皮，倒更像是一个除草的耙子，那种扔在草里的旧耙子，那种你一脚踩上就会被敲中脑袋的旧耙子。全都凑一块了。一眨眼工夫。你不得不赞叹这种恶作剧的对称感，以一个直角完成了这一切，与形成一切哲学的直角是同一个直角。一脚踩上这个耙子，就是心又输给了物。你醒来，头盖骨里有一片树木。你醒来，手里拿着果实。你醒来，在一块空地上，看到自己，羞愧难当。你看见自己的脸，只有七岁大，你不知道这是为什么，你不知道从那以后又去过哪里。我们就像丛生的杂草随意扔在时间里，不过是某个掠夺成性的神灵的香甜干草而已。你醒来，一架飞机从天上掉下来。

*

　　那天也是一个神，那天我们在做苹果酒，朱莉在山楂树下玩。他一定是那种正当盛年的神，一个庄稼汉。他被播撒到一座座园中的土壤下，沉睡在时间里。一个天真的老家伙，挠着他的头，心里想的是修剪果园，好好爱家里的人。

　　他没有能力吗？其他神灵能不能像对待玩偶一样，拙手笨脚、颠倒吊挂地携抱着时间及其爱恋？就好像我们人类是在玩过家家的游戏——当我们一本正经真爱时——神灵们就不玩吗？是的，那天的神没有能力。没有神灵有能力来拯救。有的只是时日。那唯一的六神把我们抛给了时日，抛给了时间混乱的情境，抛给了在庞大和愚蠢中粗鲁狂暴的时日诸神。

　　今天早晨，父亲耶西抓住了她准备离开飞机，正

往外拉的时候燃油着火了。一团燃烧的气体飞出来扑
向她的脸，要不就是飞机里的什么东西着火了，或是
冷杉树打着了她的脸。其他人都没有烧伤，没有受任
何伤。

*

所以这就是我们的处境。灰烬、灰烬，一切都掉落下来。我怎么能够忘记？就在昨天，我走在路上的时候，我难道没有看到天幕骤然闭合？我难道不曾从众星的幽暗中坠入这些被意义照亮的扰攘白昼？时间那巨大的带有凸棱的花岗岩磨盘是个幻觉，因为唯有善的才是真实的；空间那巨大的带有凸棱的花岗岩磨盘是个幻觉，因为上帝是灵而世界是他最浅薄的梦。但是，幻觉又是庶几完美的，对生生不息的历代人来说显然是完美的，而痛苦毫无疑问也是真实的。在磨盘无情的转动中，痛苦是真实的，因为我们彼此之间的爱——对这个世界以及它的一切衍生物的爱——是真实的，既然它是爱，它便会纵身越过那散发出可厌搅动声的磨石表面，划着弧线跃上那袒露的灵的界域。

当你的父亲掉了下去，当你的母亲掉了下去，你尚能抓住爱的一端；当一块大地消失，当一段时间消逝，当你的朋友被抹消逝去了，当你兄弟的尸身被剥去盔甲变得硬冷，当你的孩子死去，当你也处于濒死状态：你孤独地放出爱的长线，光溜溜的就像一根通电电线向一片云层释放出电火花，就像一根通电电线向空间释放出电火花以便满足渴望，然而痛苦却持续不断。

　　我坐在窗前。这是愚人的命：总是这个坐在窗边的场景，整个过程都是在糟蹋着一溜溜随风抖动的细小纸条，糟蹋着我自己。我要变老了吗？小不点儿来了，老麻雀嘴，想我的腿了。上来吧。你从人世间的角度看我有多大？你的衣裳呢，小猫？我猜啊，我的寿命肯定比你这可怜的猫长。再养一只。就像你听说的那些老夫人们一样，把银汤匙留给它。我更愿意养狗。

*

所以我阅读。我读到，天使们属于九个不同的位列[1]。炽天使撒拉弗在最上位；他们对上帝有炽热的爱，相比其他天使离上帝的位置最近。撒拉弗挚爱上帝；智天使基路伯，位列第二，拥有关于上帝的完美知识。如此说来，爱比知识更伟大；我怎么能够忘记？炽天

1　中世纪早期，一位自称丢尼修（Dionysius）的中东学者发表了《天阶序论》，制订了三级九等的"天阶等级"。由于在《圣经·新约·使徒行传》（17:34）中出现过一名叫作迪奥尼修斯（Dionysius）的希腊官员，因此早期基督教信徒都将这位中东学者的著作当成《圣经》中人物撰写的文献，将天使的三级九等奉为《圣经》的内容。所以他现在被称为伪迪奥尼修斯。在《天阶序论》中，天使的分级为：上三级——神圣的阶级：炽天使（Seraphim）、智天使（Cherubim）、座天使（Ophanim）；中三级——子的阶级：主天使（Dominions）、德天使（Virtues）、能天使（力天使，Powers，Exusiai）；下三级——圣灵的阶级：权天使（Principalities，Archai）、大天使（天使长，Archangels）、天使（Angels）。

使撒拉弗们诞生于上帝宝座下冒出的一缕火苗。据亚略巴古的丢尼修[1]的说法，他们"全身上下都是翅膀"，又根据《圣经·旧约·以赛亚书》[2]的记载，他们每个都有六个翅膀，其中的两个遮住了眼睛。他们永不停息地朝上帝扇动翅膀，永不停息地赞美上帝，呼喊着："圣哉，圣哉，圣哉……"不过，根据某些拉比的著作，他们只能呼喊出一声"圣哉"就会被他们炽热的爱又点燃融化，永久地吞入火苗中。"放弃一切，"丢尼修对他的门徒说，"上帝鄙视理念。"[3]

1　这里遵从《圣经》和合本中的译法，Dionysius the Areopagite，其实应该是大法官丢尼修。

2　参见《圣经·旧约·以赛亚书》(6:2)和(6:3)——"其上有撒拉弗侍立。各有六个翅膀。用两个翅膀遮脸，两个翅膀遮脚，两个翅膀飞翔。彼此呼喊说："圣哉！圣哉！圣哉！万军之耶和华，他的荣光充满全地！""

3　具体出处不详。

上帝鄙视一切，很明显的。如果他抛弃了我们，并将受造物底端那些深入真实的根须彻底切断；如果我们又学他那样抛弃了一切——所有这些关于时间、空间和生命的幻觉——只是为了去爱那唯一的真实：那我们又身处何方？思想本身是不可能的，因为主体和客体之间的联系并无保证，客体与上帝之间亦是如此。知识是不可能的。我们完全不知所处何方，在一块想象的浮冰渐渐下沉，沉入其自身也是全然想象之物的飘移的大海。于是我们独自对着上帝释放出绵绵的爱意，他还不如一个吸大麻的人可爱，他对我们的照顾还不如我们对待自家的草坪。

关于信仰，我没有概念，有的只是真相：这个唯一的上帝，是个铁石心肠，是个背叛者，他把我们抛给时间，抛给必然性和错乱了的物质发动机。这不是思维跳跃，这是目睹之事的证据：一个朱莉，一次悲伤，一种心乱如麻的感觉，心灵被激怒，乃至我惊惶地看待这个世界的零零碎碎，看着一阵乱风里树木起劲地摇晃，看着我的手像一些萌发出来的胡言乱语，拳头打开又合上。于是我就想：我有没有插手过这个乱哄哄的马戏团的事情，有没有称它为家？

信仰是这样的：上帝完全自我受限于他的造物——一种他意志范围的缩约；他把自己束缚于时间以及时间的风险与偶然之上，就像一个人会把自己捆绑在一棵树上寻求关爱。上帝所做的工相当于是我们来完成的。这位上帝是无助的，是我们要背负的孩童。他自弃于时光的门槛，被过往的牛群好奇地观望。信仰是这样的：上帝曾经运行过，并且还一劳永逸地运行"向下"，就像扎了个猛子，永久地下潜，永久地劈开水波，永久地溺亡。

简而言之，信仰即是：上帝无论如何都与时间、与我们有着某种刻意的关联。因为我不假思索地知道上帝是完全的善。我也不假思索地知道他触及的任何事物都是有意义的，即便是从他神秘的角度出发，这一点我也乐意承认。那么，问题是，上帝是否触碰过任何事物？坚牢之物是否存在？时间是否散漫无羁？难道基督是以充满神圣并自弃神位的自杀方式毫无目的地完成了独一无二的降临吗？或是在身后托举起他的十字架，就像是用一串归家的绳梯完成了他独一无二的升天？——即便是基督抓牢了事物的一端，并将永恒清晰地贯注到人类暗淡的心灵之中——那么在事物的根基之处，难道就没有什么联系了吗？难道事物的内部就没有什么核心或气之类的东西衍生出宇宙，就像一根缎带缠绕进时间里？

上帝插手这件事了吗？如果有的话，这一手真不错。但他真的有手吗？或者他只是一簇为了权力之故而独立自燃的圣火？那么他会充满喜乐地意识到自己是不事吞噬的火焰，是彻底的绚烂、美丽与大能，而我们其他人就可以一边歇着去了，于是这偶然的宇宙便兀自沉默运转，仅只服从它自身的粗糙信条，全无意义，毫无理性，形单影只。宇宙既不取决于神圣，也不参与神圣，更不参与成己的过程，不参与真实，以及火的大能的展示。宇宙仅仅是个幻觉，没有一点是真实的，我们不仅是它的牺牲品，总是掉落在某个太阳抛出的一颗行星上，或是被它撞到——我们还是它的俘虏，被矿物制成的感觉之绳捆绑着。

可是，我们怎么会知道——我们怎么能够知

道——真实就在那儿呢？要在怎样的无常情况下，幻觉的皮肤才会绽裂，并向我们展示出真实，那似乎知晓我们姓名底细的真实？是在怎样的无常情况下，而且出于什么原因，理解这种真实的能力还一度经历过演化？

我坐在窗前，啃咬我的腕骨。为他们祈祷：为朱莉，为她的父亲耶西，为她的母亲安。祈祷。谁将教会我们祈祷？今日之神是个冰川。我们住在他不断变化的冰缝里，谁也听不到我们。今日之神是个罪犯，一个谷仓纵火犯，一个在比赛中亮出一点力量的小流氓。晚了，对于活着来说，时间已晚。现在是下午；天空出奇地晴朗。风景中的一切都指向大海，大海却是一片空渺；作为一个没有形状的物什，它被从真实中剪掉了，它从群岛的边缘升起来，又落下，从矿物到矿物，到盐。

我看到的一切——海水，烂树横陈的海滩，小山上的农场，悬崖，树林里的白色教堂——一切都那样地清晰耀眼（颜色与这个太阳有什么关系？太阳又与其他事物有何关系？）。一切看起来都像摆出来的样子。一切看起来都显得脆弱而不真实，仿佛涂在玻璃上的一层颜色，手指一戳就变成粉末脱落了。空无一物的天空，与其他所有的天空完美地混合，弥补了飞机掉落的那个世界里的裂缝，空气让物质沉寂了下来。

如果时日是神灵，那么神灵都死了，艺术家们都是烟火节上的小丑。时间是一架手摇风琴，一通冷嘲热讽，而死亡则是个老鸨。我们被准时斩首。我们在一个堕落的世界中相互吹捧，时间从意义中释放出来，我们像推滚木一样推动着一个堕落的世界，推动着脱离了意义拘禁、四处乱滚的时间，就像是阿塔兰忒的一只金苹果[1]，一个抛出即被遗忘的华而不实的小玩意，一次闪失过后，神灵们便各自逃命。

1　阿塔兰忒（Atalanta）是希腊神话中著名的女猎手，凡是向她求婚的人必须和她赛跑，失败者会被她杀死。英雄弥拉尼翁在比赛时不断抛出爱神赐给他的金苹果，阿塔兰忒因为捡苹果而输了比赛。金苹果在这里比喻所有华而不实的东西。

*

　　此时此刻的窗外，远处的地平线上，一样新事物出现，仿佛我们需要一样新事物。那是一块蓝色的新陆地，远在群岛之外，此前一直藏在云雾中，此时此刻显现了，就像其他的群岛一样哑默无声。我查了查我的草图，那外行用铅笔画出的天际线草图。是的，这块陆地是新的，这块延展的蓝色在昨天的新皱褶线外闪烁，远在某个水手说的那个叫盐泉岛的蓝色薄雾之外。这多久会是个头儿？不过，还是让我们尽力扩大那海图的范围吧。

　　我仿佛看见了它，就把它画了下来，一块碧蓝的色块就在群岛之外，一条摇动的炭笔线恰好从另一条无名线条上升起，在这里与盐泉岛的斜面相遇：尽管我看到的究竟是陆岬还是中心陆地还是一百个海湾的遥远而看不清的悬崖峭壁，我不得而知，不知它是岛屿还是大陆。我管它叫天涯海角，啊，茱莉亚岛，时间的坏消息；我把它命名为恐惧，白日最远的肢体，上帝的牙齿。

第三部分　坚固圣质

　　我对上帝的了解只够用来想要膜拜他，通过任何明白易懂的方式。我们在空间里的一切经验都具有某种异样的特质，一种对于殊性的信仰困难[1]——上帝借此萌生，或撒落到那些最为卑贱的境遇里，并把他的造物事宜丢到一群迟钝愚笨的外行人手中。这便是我们的全部本质，我们历来的本质；上帝只能如此。[2] 这个过程体现在时间里即为历史；体现在空间里，伴随

1　原文为 scandal of particularity，基督教神学术语。根据《牛津英语大词典》（OED）的解释，指的是难以根据耶稣具体的人子身份而将其视为普世救主。

2　原文为德语"kann nicht anders"，应来自马丁·路德的名言："我站在这里，我别无选择。"（Hier stech' ich, ich kann nicht anders）。据称路德在1521年沃姆斯的帝国议会上用这句话结束了他在卡尔五世面前的陈词，随后开始逃亡。此语被镌刻在他的塑像底座。亦译为："我站在这里，我只能这样"，或"我站在这里，别无所能"，或"这就是我的立场，我别无选择"等。

着如此令人吃惊的随意性，就是奥秘。

一团模糊不清的浪漫，附着在我们有关"税吏""罪人""穷人""市集之众"和"我们的邻人"等观念上。[1] 好像上帝理所应当向这些粗朴之人，这些主日学校水彩画上描绘的人物，来昭显自己。如果他终究还要昭显的话。这些人在褴褛的衣袍之下，是如此纯然的自我。他们内里如一。而现在的我们却多样、复杂、内心充塞。我们很忙。其实，我现在明白了，他们也曾经如此。谁将登上我主的山峦？抑或是，谁将站在他的圣所？[2] 除了我们别无他人。人境世间，地下黄泉，没有人可供派遣，没有一只洁净的手，或一

---

[1]　此处所引述的都是《圣经》里的词汇。

[2]　来自《圣经·旧约·诗篇》(24：3-4)："谁能登耶和华的山，谁能站在他的圣所，就是手洁心清、不向虚妄、起誓不怀诡诈的人。"

颗纯洁的心，除了我们。我们这代人用来自相宽慰的
观念是：我们选择了一个尴尬的时节到来，我们纯真
的先辈们都已死掉（这么说就好像纯真曾经存在过一
样），我们的孩子忙碌而困扰，而我们自己则全然不适，
并且至今都未做好准备。我们每个人都做出了错误的
选择，并且错误地开始、失败、屈从于冲动与快乐的
纠缠抚慰、变得筋疲力尽、无法找到头绪、软弱、难
以自拔。然而除了我们别无他人。从来就没有过其他
的人。曾经有过铭记的一代、忘却的一代，却从来没
有囫囵完整、哪怕好好生活过一天的一代男女。但有
些人凭着诚实与艺术，却很好地想象出这样一种生活
细节，并以如此的优雅来描绘它，以至于我们错把幻
象当成历史，错把梦境当成现实描绘，而且臆想生命
已经得到了延续。就是这样。你终究学习了解到这种

钻研与历史，尤其是艺术家和幻象预言者的生平；你
从爱默生那里学习了解到这些，他发现：我们生命时
日的卑微，这本身就已值得思考；而你也了解到这一
点，时断时续地，在教堂的长椅上。

*

　　此地有一座教堂，所以我去那里做礼拜。每个礼拜日的早晨，我离开屋子，溜达着走到山下，走到冷杉林中那座白色轮廓的教堂里。大礼拜时我们会来二十个人左右，六十岁以下的通常只有我一个。我感觉就像是在经历一趟苏联考古之旅。成员们来自各个教派，牧师是公理会教友，穿着一件白色的衬衣。这个人知晓上帝。有一回，他在念诵一长段为全世界祈福的牧师代祷文时[1]（祈祷各国领导拥有聪明才智，祈

1　　代祷 intercession 一词来自拉丁文 inter（在二者中间）及 cedere（意即行走，或经过）。在字面上，intercession 就是走在两派人马的中间，作斡旋、仲裁、调解双方分歧的行动。在神学上，此字翻译为代祷，即有信徒走在别人与天主中间。代祷是一种恳求的行动；由信徒（个人或团体）为其他有需要的人祈求天主的怜悯及恩惠。代祷是一种真实的祈求（不包含崇拜、感恩和补赎成分的恳求行为）。代祷表示在天主圣三爱的共融中彼此的关怀及支持。

祷受苦受难的人们获得希望和怜悯，祈祷所有被压迫的人得到救助，祈祷上帝的恩典赐予所有的人），念到中途就停顿了下来，然后大声疾呼道："主啊，我们每个礼拜都向你提出这些相同的恳求。"一片惊讶无语之后，他继续念他的祈祷文。因为这一点，我非常喜欢他。"早上好！"在首轮赞美诗和祈祷过后他都会这样说，每一次都让我惊惶失措，然后我们大家齐声高呼回应道："早上好！"

女教友们都带上鲜花来装点圣坛；她们搬来树篱似的大堆插花、路边应季的野生花草、自家花园里的花卉、成捆连花带叶和我一般高的植物，还有和木桶同样尺寸大小的盆花。不过圣坛依然显得空空荡荡，仍旧是无从改观的油毡地面，仍是那种淡棕色。我们有一次还找了位蹩脚的歌手，是从加拿大公理会来的客人。这姑娘人高马大，金黄色的头发，发型就像是用斧头削出来的一样。她肩膀很宽，戴了副有色眼镜，穿着蕾丝长套裙，配合着磕磕巴巴的伴奏，一边咧着嘴笑，一边在唱一首跟高山有关的纯世俗题材歌曲。没有什么比这更加明显：上帝钟爱这个姑娘。教会还继续存留于世，没有什么比这更让我确信上帝的无尽仁慈了。

高教会派[1]的信众们（我所属的教会，如果我还属于某个教会的话），以一种无凭无据的专业人士气度，

1　高教会派（High Churchmen），基督教新教圣公会派别之一，专肯英格兰教会和英国国教会中的信徒，与"低教会派"对立。这一名称最早于17世纪末开始使用，19世纪因为牛津运动和英国天主教会派的兴起而流传于英国。该教派主张在教义、礼仪和规章上大量保持天主教的传统，要求维持教会较高的权威地位，并因此而得名。"低教会派"一词始于18世纪早期，用以把较自由派——或属无主见派（Latitudinarian）——的

以一种权威和夸饰来亲近上帝。好像他们知晓自己是在做什么，好像他们的内在自我就是那一类适合与上帝打交道的受造者。我常把固定的连祷文视为人们成功诉诸于上帝却没有被他杀死的某种言辞。在高教会派的教堂里，他们踱步举行连祷仪式，好像是沿着一排脚手架走动的莫霍克人[1]，浑然忘记了自身的危险处

一群信徒与保守的高教会派区分开来。该词曾一度显得过时，直至19世纪被赋以今天通用的"福音派"一义，才重新流行起来。低教会派原来所指涉的自由派则被称为"广教会派"（Broad Church）。低教会派因反对过高强调教会的权威地位而得名。其观点较倾向于清教徒而反对倾向于天主教，不赞成高教会派恢复旧制的倡导，认为主教制度、神职圣品与圣事礼仪相对而言并不重要，强调福音派及新教的作法。

1　莫霍克人（Mohawks），北美印第安人的一支。在20世纪初美国的建筑工程领域，莫霍克人以擅长从事危险的高空作业而闻名。

境。如果上帝把这样的奉献仪式当场炸个粉碎，我相信，会众们才会感到真正的震惊。然而，在低教会派那里，这种感觉你分分秒秒都可以见到。这便是智慧的开始。

*

今天是十一月二十日，星期五。朱莉 · 诺维奇在
医院里，处于烧伤状态；我们了解不到她的一点情况。
我曾经看到文章里说，从烧伤诊室出院的病人自杀率
很高。在被烧伤之前，他们没有意识到生命会包含如
此的苦痛，也不知道这种疼痛会被允许发生在他们自
己身上。没有药物能够减轻三度烧伤的疼痛，因为烧
灼毁坏了皮肤：药物都直接渗进了床单。基督的诸位
门徒问他，说路边有一个先天失明的乞丐："这人生来
是瞎眼的，是谁犯了罪，是这人呢，还是他父母呢？"
基督朝地上吐了口唾沫，将唾沫和成的泥抹在那人眼
睛上，让他看见了光明，然后回答道："也不是这人犯

了罪，也不是他父母犯了罪，是要在他身上显出神的作为来。"[1] 真是这样吗？如果我们用这个回答来解释痛苦本身，而不是后来被治愈的事，并认为它"显出神的作为"，那么，加上"我所赐的，不像世人所赐的"[2]，我们就拥有了两个苍白而令人困惑且愤怒的答案，可以用来回答那些为数不多、值得询问的问题之一：山姆山正在发生着什么样的事情？

是神的作为得以显示？我们真的需要更多的受害

1　参见《圣经·新约·约翰福音》(9:1-3)："耶稣过去的时候，看见一个人生来是瞎眼的。门徒问耶稣说：'拉比，这人生来是瞎眼的，是谁犯了罪？是这人呢，是他父母呢？'耶稣回答说：'也不是这人犯了罪，也不是他父母犯了罪，是要在他身上显示出神的作为来。'"

2　参见《圣经·新约·约翰福音》(14:27)："我留下平安给你们，我将我的平安赐给你们。我所赐的，不像世人所赐的，你们心里不要忧愁，也不要胆怯。"

者来提醒我们，我们全都是受害者么？难道这是某种类型的游行：征服者的军队为此而拭亮一尊尊可怕的大炮，并把它们在街头推来推去供人观看？我们需要盲人们四处跌撞磕绊，还有被烈焰灼烧过脸庞的孩子们来提醒我们，上帝能够做什么，会去做什么吗？

  我喝着煮好的咖啡，注视着窗外的海湾。几乎所有去礁石边撒网捕鱼的人都已收拾起装备等待过冬了。鲑鱼迴游的季节已经过去，白昼变短。不过，水面上还是有船只往来——油轮、拖船和驳船、划艇和帆船。如果你的运气好，会碰见虎鲸；运气好的话水面上还有成群的丑鸭，每天都能看到的海番鸭和形单影只的鸬鹚。透过这窗口我能看到多少分量沉重的天空呢？这是早晨：早晨！水面被阳光连续地击打着。是的，事实上，我们确实如此。我们确实需要提醒的，不是上帝能做什么，而是他不能做什么，或不会去做什么：这里指的是抓住自由坠落的时间，并在我们的时日里投入一枚理性意义的硬币。我们真的需要提醒：时间能做什么，一定只能做什么；随机甩出一大团东西，然后捶打它，并且带着上帝的祝福，把它捶进我们的大脑：我们是受造的，受造的，是处在我们未曾亲与创造的大地上的寄居者；一片没有任何自身意义的大地，我们也不能给它单独制造出任何意义。我们算什么，竟然还要求上帝的解释（如果我们不要求他的解释，又该是怎样的完美怪物）？我们在野餐，并且忘却了自己；我们忘记自己正身处何方。没有所谓的反

1　麦斯特·约翰尼斯·埃克哈特（Meister Johannes Eckhart，1260—1327），中世纪哲学家。德国新教、浪漫主义、唯心主义、存在主义的

常事故。"上帝在家中，"麦斯特 · 埃克哈特[1]说，"而
我们在遥远的乡野。"[1]

当我们臆想自己终究还控制着道岔的拐弯时，多
半已在酣睡中到达了轨道岔口。我们听着时间的手摇
风琴声入睡；我们醒来时，如果还醒来的话，就面对
着上帝的沉默。然后，当我们醒来之后，当我们看到
那未被创造的光线照耀下的深远海岸，继而又看到令

先驱，也是"密契主义"的代表人物。1275年加入多名我会。他认为：
神创造万物，是存有与存在物的原因，所以不宜说神是存有或存在物，
而最好说神是"理解活动"本身，"理解"是存有之纯净化，比存有更高
级，更基本，所以，在神之外，无物存在。埃克哈特的代表作有《专论》
《讲道集》《神的安慰》《崇高的人》和《超脱》等。埃克哈特1326年被
罗马教会指控为异端，次年病逝于法国的阿维尼翁。

1 　　具体出处不详。

人目眩的黑暗吞没了时间的漫长斜坡时，这就是该抛弃物件的时候了，比如我们的理性，还有我们的意志；这时我们就该拼死不顾一切地返回到家园。

*

　　没有任何事件，只有各种思想和内心的艰难转折，
只有内心在缓慢学习怎样去爱和该去爱谁。剩下的不
过是闲言碎语，是其他时代要讲述的故事。今日之神
是一棵树。他是树木汇成的森林，或是一片沙漠，或
是从广袤之处降临植入到漫漫星辰里的一枚楔子，而
众星像盐粒一样低伏、黯哑和顺从。今日之神说：撒
吧。他总是从永恒中剥离而出，并伸展开来；他就像
一圈果皮卷入到时间里。我走在一条路上，或似乎是
在一条路上走着。树篱还在它们原来的地方。有一处
街角，一道绵延的小山岗，隐约可见群山上的白雪，
种满了苹果树的斜坡，牧场边有一处商店。我要到那
家店里买圣餐酒。

　　我怎么可以去买圣餐酒？我算什么人，要去买

圣餐酒？得有人去买圣餐酒。用酒替代葡萄汁是我的想法，当然是我主动要求来买的。难道我不应该穿上修袍，尤其是要戴上面罩吗？难道我不该自制圣餐酒吗？有没有神圣的葡萄？有没有神圣之地？这里有没有神圣的东西？没有神圣的葡萄，没有圣地，也没有任何人，除了我们。我穿着连帽的风雪大衣，肩上背着一只空的徒步包；天很冷，我想把手插在衣服口袋里。根据《圣本笃规则》，我应该说，把我们的手放进衣服口袋。[1] "因为万物都从你而来，主啊，我们把从

1　努西亚的圣本笃（Saint Benedict of Nursia，480—547），又译圣本狄尼克，意大利天主教教士、圣徒，本笃会的创建者。《圣本笃规则》，系统规定了修道士的祈祷、工作、诵经、作息等内容，并强调服从、守贫、禁欲等清苦的戒律。本笃会的修道士身着简朴的修道服，腰间系一根绳子，象征着"鞭打耶稣身体的鞭子"。除每天必须在田间劳动外，他们还

你而得的献给你。"[1] 肯定有一条关于购买圣餐酒的教规吧。"是用现金买？还是记账？"我只知道自己去这家商店买鸡蛋、砂纸、西兰花、木螺丝和牛奶的时候，喜欢逗一逗店主的儿子，如果他还愿意让我逗的话。他两岁，名字碰巧是钱德勒，[2] 他自己蛮喜欢在几只盛钉子的大箱子里玩耍。

于是乎，不再想我自己了，感谢上帝：你好。你好，简短而又相对新颖。欢迎再次回到人世间，回到时间

要潜心苦读，抄写《圣经》等宗教典籍。每个人被要求在餐桌固定的位置就餐，席间不许说话，轮流有修道士站在一旁诵读《圣经》，在这种神圣到令人窒息的氛围中，修道士们逐渐发明了一套据说多达百种的餐桌手语，例如进餐时需要醋的话，便手指自己的咽喉部位。

1　《圣经·旧约·历代志上》（29：14）："我算什么，我的民算什么，竟能如此乐意奉献。因为万物都从你而来，我们把从你而得的献给你。"

2　钱德勒（Chandler）这个名字的本意就是"杂货商"的意思。

这座由豆粒攒聚的小山。钱德勒照例一点都不买我的账。他守护着自己的幽深秘密。然后我出门，再次走回到大路上，我的右手忘记了左手行的事。我出门后再次走回到大路上，承负着一背包的上帝。

*

　　这是一瓶带标签的葡萄酒，带着瓶塞的基督。我携带着碎裂成片后装入一尊容器的神圣，是上帝本尊的上帝本尊；那种个人的、沉思的恒久静默，在我背部肋骨后面闪着光亮。我往山上走去。

　　世界正在变化。这风景开始应和作答，就像是一阵浪潮涌起。它开始自相碰击，尽管空间里没有任何事物的运动，也没有风。现在它开始倾吐出无尽的殊相，它们相互层叠、各自孤立，就像成百座猎犬似的山丘一同亮出了舌头。层层绿篱是黑莓的丛棘、白色的雪果、红色的野玫瑰果、屦细而哔剥作响的金雀花。它们的无叶杆茎开始清晰可见地生长在丛蔓深处，如同被封好的炉火一样生长，一目了然、静默不语，从一个个炉眼里透出来光亮。在我的上方，群山是裸露的神经，敏感而欢欣；树木、绿草、脚下的沥青路，是心思的鲜活花瓣，每一瓣都清晰而无形，并以极其完美的形式收束在一声问候，或一瞥之中。某个东西正伸展开来，或是在天空里熙熙攘攘，当我细看它时，却又消失。世上为什么会有这些苹果，为什么这么潮湿透明？透过我的每一层衣服，透过我背上的背包，透过酒瓶玻璃，我感觉到了酒的存在。我越走越快，轻若鸿毛，我感觉到酒的存在。它撒落的光线，穿透了我胸腔的一根根肋骨，并在这肋骨组成的扶壁穹顶下贯注着汇聚成池、浮涨上升的光线。我是飞蛾；我是光；我是祈祷文，我几乎一无所见。

　　世界上每样东西都是半透明的，甚至连牛群也是，并且一个细胞挨着另一个细胞在运动。我记得这种真实。现在它又去了哪里？我航向山巅，仿佛从浪底被吹向浪尖。迎着疾风，我往下看到了变形的海湾，那个咸水湾，在山下的远处，要经过通往我家的那条路，经过枞树林、教堂和牧场上的羊群：这海湾、那些着火的岛屿，以及无边无际的远方，点燃了析解开来的天空。天空的碎片在坠落。一切，一切，都是整体，都是容纳了其他一切事物的包裹。我自己也在坠落，慢慢地坠落，或慢慢地上升。海湾的石岸上有一些人，我在他们中间漂浮了起来。他们是真实的人，是某天下午的集会人群，在他们皮肤的细胞里流淌着薄薄的、碎片状的五彩水流，这是在奉还那普泛的火焰。

基督正在受洗。身为基督的那个人在那里，身为约翰的那个人也在，还有其他一些模糊不清的人们站在鹅卵石上，或坐在从海湾漂回到岸边的浮木上。这是普通的人群——如果我此刻也是其中一员，如果那些则是在牧场上歌唱的普通羊群。

　　两个男人裸露着上身。一个人引领另一个走到水里，并扶着他浸入水中。他的手放在他的脖子上。基督在水下蜷起白皙的身体，站在那些石头上。

　　他从水里抬起身子。水珠缀满了他的肩膀。我看到滚圆的水珠像行星一样沉重，数十亿计的水珠，与众多世界相等的分量；他起身将它们托举在自己的后背上。他湿淋淋地站在水里。每一颗水珠都是透明的，每一颗都拥有一方世界，或同一个世界，轻灵、鲜活、清晰地存在于这水滴当中：这就是所有可能存在的全部，它同时推动着过去和未来，以及所有的人们。我能看透任一球体，看到人们从我身边穿行而过；我又用各种颜色，以及在不断消逝、不断更新的景观中看到的世界，来清爽自己的眼睛。我确能如此；我深入到一滴水中，看到时间包含的一切；所有的脸庞，众多世界的深处，大地的全部内涵之物，每一道风景与空间，所有鲜活的、手造的，或模制之物，所有过去和未来的星辰。尤其是一张张脸庞，仿佛每样事物里各个细胞的脸庞，从我身边涌流而过的、说着话、走动着、继而消失了的脸庞。然后我也消失。

从外表来看它是明亮的。这些水珠外部诸多事物的表层已经融合。基督本人与其他人，棕色的暖风，以及头发、天空、海滩和迸碎的海水——整个这一切都已融合。这是神圣的炫目一刻；它全无遮挡不可言说。此时无言又无语；一切皆无，没有单一事物，或任何的运动，也没有时间。只有这个一切之物。只有这一样，以及它那灿烂而繁复的声响。

*

  我似乎是在一条道路上，静静地站立着。这是小山的顶部。树篱到了这里，渐次消退。我双手揣在衣服口袋里。我后背上有一瓶葡萄酒，一瓶加利福尼亚红酒。我看见自己的双脚。我往山下走，朝着家的方向。

*

你现在必须歇息。我无法让你安歇。对于我来说，一直想告诉你的是，没有时间了。

*

今天有一千个新岛，尚未被标记。它们是黯淡燃烧着的盐石。我伴着它们的光亮来读书。我的猫小不点儿趴在我的脖子上。卫生间里的蜘蛛正在对付昨天的蛾子。

我读到，基督教的玄秘派设想出一种材质。这是一种创制而成的材质，在"灵性等级"上低于金属和矿物，比各种盐类与土壤还要低级。它出现在各大行星蜡质深层的盐类与土壤底下，而绝不会出现在行星表面能被人们察觉到的地方。在根本上，它与"绝对"相接触。与"绝对"相接触！在根本上。这种材质的名称是：坚固圣质。

坚固圣质：坚固圣质与金属和矿物相接触吗？与盐类和土壤相接触吗？当然如此，并且还沿着灵性等

级逐步向上形成接触，直到这"向上"以折返回归而
告终。当某个事物接触过另外某个事物，而另外某个
事物还接触过在根本上与"绝对"相接触的坚固圣质，
那么这个事物是否会渗入地下之水，或渗入谷物？而
一座座岛屿是否扎根其中，还有那些树木？当然如此。

　　很久以来，学界就已区分过西方从人类有关上帝
的知识里展开的两种不同思路。按照其中的一类观点，
即苦行节欲者的形而上学，世界离上帝很远。世界从
上帝那里发散出来，并通过基督与他相联，却永远地
外在于上帝；它从他那里舒展开去，就像是正在坠落
的一面大旗的尾端。在我想来，这个观念制造了世界
的一道垂直线，一条燃烧的巨链。另一种更加简明易
晓而普遍的观点，是埃克哈特以及其他许多人以不同
形式提出过的观点，它与泛神论几乎没有区别：世界

即是内蕴性¹，上帝寓于事物之中并且永驻于斯，如果他并不在其他任何地方的话。借由这些光线，世界被平摊在一个水平面上。单数的，尽置于此，被天堂填塞，茕然独立。但我知道，世界并非茕然独立，也不是单数，或是全部。内蕴性这个观念需要一只把手，在两种观念之间需要一条链接，这样生活才能够对一个人意味着空无，对另一人意味着基督。

　　因为对于内蕴性来说，对于心来说，基督繁复累赘，而万物是一体。对于外散性来说，对于思来说，基督仅只接触到了顶层，他只是提取出顶层的精华，就像以往那样；他提取出人们的灵魂和完整的谷粒，

1　内蕴性，原文为 immanation，指上帝存在于宇宙万物中，与超越性（transcendent）相对，后者指上帝超越于宇宙万物而存在。在文中与下一段里的外散性（emanance）对应。

但他要让谷壳掉落在哪里？要落入那扁平而且显然未被救赎的世界；要落入宇宙当中毫不相关、亦无参与的其他所有部分；要落入不真实、因此不可知的时间和物质之上，一个虚幻、荒谬、偶然和过于精巧的层面。

　　但如果坚固圣质是"底层的盐"；如果坚固圣质是最不活跃的材质，是亚里士多德的物质因，是绝对的零；并且由于坚固圣质在根本上又与"绝对"相接触，那么这个回环就完整无缺了。而它确实如此。思想在前进，世界在创造自己，通过逐步设立一系列的妙想，并对它们予以信任。时间和空间在根本上与"绝对"保持着接触。永恒的插头两次连接上时间和空间的电路，并被理念束缚、再束缚。物质和精神是一块整体，却又彼此区分；上帝在世界各处都拥有一份受担保的股权。宇宙是真实的而不是一个梦，不是各种感觉的制成品；主体可以知道客体，知识可以继续，而坚固圣质简言之即是哲人石。

*

这些都只是观念，盈手而握的观念。线条，线条，以及构成它们的无穷无尽的点！双手抱紧，甩出响鞭，把"绝对"从它自己那里扯出来，并抛入光亮之中；苍白而震惊的上帝，把盐和土播撒出一道螺旋的轨迹；上帝无拘无束、奔突而出。顺着那条线，朝着他匆匆而过的白皙的耳中呼喊："老爷子！你有没有在空间的孔洞里塞上一根手指，好让它不再弓身跃起？噢老人家！你的另一只手在哪里？"他的右手，正镇定地紧握着不断爆增的坚固圣质的左手。

*

　　人们怎么看待艺术家对声名的追寻？声名，就像一张脸，是在你并不孤单时拥有的东西。根本就没有什么艺术家：只有这世界，有光则亮，无光则暗。当蜡烛燃烧时，谁会去察看蜡芯？当蜡烛熄灭后，谁还再需要它？然而无光的世界却是荒原和混沌，缺少牺牲的生命则令人嫌恶。

　　除了点燃自己的世界，艺术家还能再点燃什么？谁能给圣坛带来供奉，除非是从人烟稀疏的城镇或荒芜平原上带来它早已拥有的东西？除了原本如此的材料，艺术家还能够驱使什么？除了自己的那一截短肠，他又能够点燃什么？当这截东西燃烧殆尽后，还能剩下什么可用的秽余？

　　他的脸像炽天使一样皆为火焰，照亮了神的国度供人观看；他的生命在作品中升华；他的双脚是蜡和盐的质地。他是神圣的，他是坚定的，他用自己爱的身量跨越了整道鸿沟，并以具有瑕疵的方式模仿了十字架上的基督，完整的、带着荆棘在十字架上横竖摊开的基督。因此，这作品必定也是在与之接触、接触、接触；跨越鸿沟，从这里直到永恒，直到家园。

啊哈！我看到的一切都弯曲成拱，光线也拱绕在其周围。空气搅旋出各种力道，抽打着惊叹的大地。我曾数百回地穿越田野，并沿着那些深邃的小路，一次次呼喊过"圣哉"。现在我看到一百种昆虫在空气里纷飞起落。树梢飘落下来零碎的鸟鸣声，曲调悦耳，时断时续；音符就像树叶一样在我四周堆聚。这些被塑造成形的云彩，为什么会在头顶上纯然无知地自行变换，并在万物之间上下拖曳着它们扁平的蓝色浅影，径自飘过，然后又远去？女士们，先生们！你们被给予了昆虫、鸟鸣和源源不断飘来的云彩。空气轻迅而澄明，被一丛丛野草刷拭得锃亮。贯穿其间的大地则充满了喧嚣，是被照亮的，是盐。谁将登上我主的山峦，或者说谁将站在他的圣所？"我可以差遣谁呢，"第一个以赛亚听到了，"谁能为我们去呢？"可怜的以赛亚，他恰好站在那里——那里没有别人——于是他大声喊道："我在这里；请差遣我。"[1]

朱莉·诺维奇就在那里。朱莉·诺维奇被火罨制过。她像盐渍的肉片一样被保存起来，远离了一切邪恶；诞生时即已受洗于时间之流，而此时又受洗于

1　参见《圣经·旧约·以赛亚书》（6:8）："我又听见主的声音，说，我可以差遣谁呢，谁能为我们去呢。我说，我在这里，请差遣我。"

永恒，受洗于上帝刀锋般的怀抱。因为现在谁还会爱她，这失去脸庞的她？世上不乏拥有完整脸庞的女子，而人们也不过乃尔。人类是理性的，而上帝却是疯狂的。人们只爱美丽；而谁知道上帝爱的是什么？生日快乐，聪明的小东西：你早早地到达了那里，轻而易举。这世界对你的了解，先于你对这世界的了解。神灵们在孩童气十足的残酷游戏里，把你像一支火炬或一束火把那样举起，到天堂里肆无忌惮地挥舞，在深不可测、温柔、唯一的上帝一瞥之下，把你溶解到层层的床单布里。

你或许也会成为一名修女。你或许也会成为上帝贞洁的新娘，被劫掠者们追索到高处的孤寂洞穴，追逐到没有壁炉、空无声响，也没有温暖肢体将你内心勾挂在人世的房间里。看看他有多么地爱你！此时你还包裹着绷带，或是拆开绷带待在无菌病房里？等一等，让他们给你递一面镜子，如果你能拿得住的话，就会知道这句话的意味。那种没有皮肤的模样，那一绺绺覆盖在你头颅上、黑色裹尸布般的肉，就是你的面纱。修女共有两种，修道院外与院内的。你可以专事侍奉或是唱歌；你可以祈祷让心搁浅，一边做着世间的苦工。别想着吹口哨了：你没有嘴唇来吹口哨，或是亲吻某个男人和孩子的脸庞。学习了解拉丁文吧，它能愉悦我主；学一学那种被称为"监护双眼"的愚蠢的低首敛眉吧。

还要学习了解神力，无论他们说你怎样温良，都要学习了解神力，这种来自神圣的再次猛击，附带着神圣的签名。要成为那些兀然与发作、种种楔入事件，和内心阵阵涌动的牺牲品。你会去爬树。你将无法入睡，或不需要为了享受它的快乐而睡眠。每天早晨，当光线像翅翼一样笼罩着牧场，并把一种秘密的颜色扇入万物之中，再用美将树木击打到失去知觉，以至于你分辨不清美到底是在这些树木的里面，就像绿水荡漾出的黄色波光在每个细胞里熠熠生辉，还是在这些树木的表面，是正在焕发的银色空气承负着光线翅翼那不可见的动作；每天早晨，你会因为这神力而无法行走：地球太圆了。伴随着漫长而清醒的白昼——午祷、午后祷、晚祷[1]——当那些青草，活着的或死去的，在旋转的太阳下打着瞌睡，或被一阵风吹得东倒西歪；当麻雀敛声，当潮水慵懒退去，或是涨涌到海

1　天主教每日祈祷七次，分别为诵读日课（matins）、晨祷（lauds）、午前祈祷（terce）、午时祈祷（sext）、午后祈祷（none）、晚祷（vespers）和夜祷（compline）。

滩，以及海藻相互纠缠的悬崖边上，晾晒着一回回的盼念，而别的地方人们正在买鞋——然后你就跪了下来，因为种种思虑而浑身颤抖，并且感到不适；或者你会在某些日子情绪爆发，在某些日子握住祭坛的栏杆，紧抓着祭坛上用黄铜螺栓加固的栏杆，好让自己不至于飞走。你觉得我不相信这些吗？你不明白，一点也不明白。那么到了夜晚呢？在猎户座的肋拱下做完夜祷的那些晚上呢？像飞蛾一样守着屋内灯光或是守在窗边的那些夜晚呢？你看到天津四[1]独眼高悬在树林上方的那些夜晚；你隐匿在床单里，蜷缩着，眼睛像蜡烛一样明亮，同时一无所视，并且筋疲力尽的那些夜晚。看到了金牛座的军市一、大角星和毕宿五的

1　天津四（Deneb），即天鹅座 α 星，在女宿天津中排名第四，是天鹅座最明亮的一颗恒星。

那些夜晚：你大喊，我的父，我的父，以色列人的战车，还有战车上的御者们！被抓牢，被世间的爱紧紧抓住，就像是飞蛾陷入热蜡，你的生命成为一段蜡芯，你的头颅因为祈祷而燃烧，被彻底地抓牢，从外到里；你独自入睡，如果你称其为独自的话，你呼喊着上帝。

朱莉·诺维奇，我知道的。外科医生会修复你的脸。这一切都将成为一个梦，一段轶事，成为你在某天晚上告诉丈夫的事情：我被烧伤过。或者，如果你落下了伤疤，那就是落下了伤疤。人们对善的热爱并不稍逊于对美的热爱；他们对待幸福，甚或对于纯粹只是活着，亦是如此地热爱；对它的所有各个方面，而心是家园。你会给自己的孩子穿好衣服，抬起他们的手臂钻进衣袖。每天早晨你会吹着口哨，充满了时日的快乐；每天下午东奔西忙；每天晚上再呼唤着爱。那就活下去吧。我会为你成为那个修女。我现在就是。